MONA

Fais connaissance avec les chiots de la collection *Mission : Adoption*

Babette
Belle
Bibi
Biscuit
Boule de Neige
Cannelle
Carlo
Champion
Chichi et Wawa
Chocolat
Glaçon
Husky
Lucie
Maggie et Max
Margot
Mona
Moka
Patou
Pico
Presto
Princesse
Rascal
Réglisse
Rocky
Rosie
Théo
Titan
Tony
Zigzag

MISSION : ADOPTION

MONA

ELLEN MILES

Texte français d'Isabelle Montagnier

Catalogage avant publication de Bibliothèque et Archives Canada

Miles, Ellen
[Molly. Français]
Mona / Ellen Miles ; texte français d'Isabelle Montagnier.

(Mission, adoption)
Traduction de: Molly.
ISBN 978-1-4431-3861-1 (couverture souple)

I. Montagnier, Isabelle, traducteur II. Titre. III. Titre : Molly. Français. IV. Collection : Miles, Ellen. Mission, adoption.

PZ26.3.M545Mon 2014 j813'.6 C2014-901489-9

Illustration de la couverture : Tim O'Brien
Conception graphique de la couverture : Steve Scott

Édition publiée par les Éditions Scholastic,
604, rue King Ouest, Toronto (Ontario) M5V 1E1.

5 4 3 2 1 Imprimé au Canada 121 14 15 16 17 18

Pour Jarvis, Benjamin, Sasha et Jameson

CHAPITRE UN

Oh là là! Comme cet endroit était bruyant! Comment de jeunes enfants pouvaient-ils faire un tel vacarme? Charles avait envie de se boucher les oreilles. La Garderie Gabrielle n'était pas toujours un endroit aussi bruyant. Parfois, quand Charles venait chercher son petit frère avec sa mère, c'était plutôt calme. Les enfants faisaient la sieste ou écoutaient, assis en cercle, Mlle Gabrielle leur lire un livre ou bien ils dessinaient à la grande table réservée aux projets d'art.

Mais pas ce jour-là. Trois petites filles se disputaient une cape rouge dans le coin des déguisements tandis que deux garçons hurlaient en entrechoquant des cubes de construction. Une petite

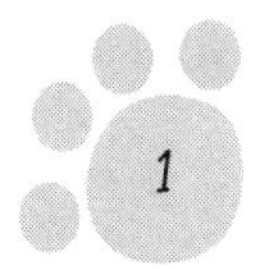

fille vêtue d'un chandail rayé était couchée sur un sofa et agitait les jambes en pleurant bruyamment alors qu'une des éducatrices essayait de la consoler. Des enfants plus âgés défilaient dans la pièce en soufflant dans des trompettes, en frappant des cymbales et des tambours et en agitant des tambourins.

Puis Charles entendit quelque chose d'autre. Dans le vacarme ambiant, il lui sembla reconnaître les hurlements stridents de son petit frère. Il pencha la tête pour s'en assurer. Oui, c'était bel et bien lui.

— J'entends le Haricot, dit-il. Où est-il?

— Je crois qu'Adam est dans la cuisine avec Mlle Gabrielle, répondit l'éducatrice qui s'occupait de la petite fille, en levant à peine les yeux.

« Adam. » Charles trouvait bizarre qu'on appelle son frère par son vrai nom. À la maison, tout le monde l'appelait le « Haricot ». Mais Charles se dit que ce serait bien de commencer à appeler son petit frère par son vrai nom avant qu'il n'entre à la maternelle.

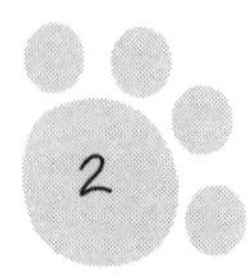

— On dirait qu'il n'est pas content, constata-t-il.

Il courut dans la direction des cris du Haricot et le trouva dans la cuisine.

Le bambin était au pied d'un grand comptoir, les poings serrés et le visage écarlate. Il criait :

— En haut. Je veux en haut!

Un petit garçon était assis sur le comptoir. Il portait un tee-shirt Spider-Man. Charles savait qu'il s'appelait Daniel et que tout le monde l'avait surnommé « Spidey » parce qu'il portait toujours un tee-shirt Spider-Man. Selon Mlle Gabrielle, Daniel était comme Spider-Man. Il pouvait grimper partout et pour lui, le monde entier était un immense terrain de jeux. Il ne fallait pas le quitter des yeux une seule seconde, sinon il se mettait à grimper très haut, toujours plus haut.

Quand Charles entra dans la cuisine, Mlle Gabrielle faisait descendre Daniel du comptoir.

— Allez Spidey! lui dit-elle.

Charles avait remarqué que Mlle Gabrielle gardait

toujours son calme, quelle que soit la situation. Même si l'aquarium se renversait, si la pâte à muffin explosait ou si les toilettes débordaient, l'éducatrice pouvait tout arranger. Avec ses belles joues rouges et ses épaisses tresses blondes, elle gardait toujours le sourire ainsi qu'un ton chaleureux.

Par contre, le ton du Haricot n'avait rien de chaleureux. Il hurlait encore à pleins poumons bien que Daniel soit descendu du comptoir. Charles se dirigea vers son petit frère et le serra dans ses bras en le soulevant légèrement.

— Tout va bien, petit Haricot, murmura-t-il à son oreille.

D'habitude, le bambin était d'un naturel joyeux, mais quand il se fâchait, seul Charles avait le don de le calmer.

Mme Fortin disait toujours que Charles savait bien s'y prendre avec les petits enfants, ce qui le rendait très fier. Il s'y prenait également bien avec les chiots, et pas seulement avec son propre chiot, Biscuit. En effet, la famille Fortin, composée de

Charles, du Haricot, de leur grande sœur Rosalie et de leurs parents, était une famille d'accueil pour les chiots. Elle s'en occupait en attendant de leur trouver un foyer parfait.

Charles fit un câlin au Haricot et lui glissa à l'oreille :

— Rentrons voir Biscuit à la maison, d'accord?

Le petit garçon s'était arrêté de crier. Il hocha la tête et sourit.

— Biscuit, cui-cui, Bibi, pipi!

— C'est ça, dit Charles en ignorant le dernier mot.

Le Haricot aimait bien dire de « vilains » mots de temps en temps pour voir la réaction de son entourage.

— Biscuit nous attend, ajouta Charles.

Mlle Gabrielle sourit.

— Quel bon grand frère tu fais, Charles! Je suis sûre que tu aides beaucoup tes parents.

Charles fit comme si de rien n'était et Mme Fortin lui posa les mains sur les épaules.

— Oh oui, affirma-t-elle. J'ai demandé à Charles

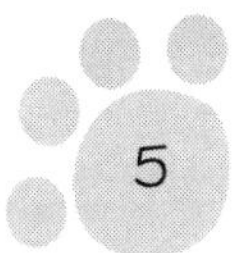

de nous accompagner à la Ferme des Pitchounets la semaine prochaine. Il va nous être d'une aide précieuse lors de cette excursion.

Mme Fortin s'était inscrite comme accompagnatrice à la garderie. Jusqu'à présent, elle avait accompagné les enfants à la bibliothèque, à la caserne des pompiers et à la boulangerie. Mais cette fois, c'était elle qui organisait l'excursion de la garderie dans une ferme des environs. Les enfants allaient voir des canards, des oies, des moutons et toutes sortes de légumes et de fleurs. Ce jour-là, Charles quitterait l'école plus tôt pour venir aussi.

— Formidable! s'écria Mlle Gabrielle. Nous allons avoir beaucoup d'enfants à encadrer.

— Je vais me rendre à la ferme avec Charles et le Haricot dans les jours à venir, précisa Mme Fortin. Nous avons pensé que ce serait bien de faire une visite de reconnaissance.

— Merveilleux, dit Mlle Gabrielle.

À ce moment-là, le Haricot se dégagea de l'étreinte

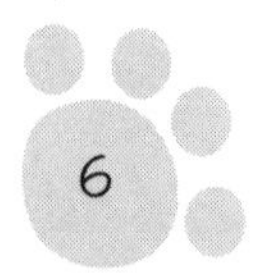

de Charles et tendit le doigt dans les airs.

— En haut, en haut, en haut! s'exclama-t-il.

Tout le monde se retourna. Daniel leur adressa des signes de la main... depuis le haut du réfrigérateur qu'il venait d'escalader.

— Comment a-t-il donc fait? demanda Mme Fortin. Je n'ai absolument rien vu.

Mlle Gabrielle se mit à rire et se dirigea vers Daniel pour le faire redescendre.

— On ne peut pas le quitter des yeux une seule seconde, dit-elle à Mme Fortin et à Charles.

Puis elle se tourna vers le Haricot et Daniel et ajouta :

— Allez chercher vos affaires dans vos casiers et aidez Anabelle à ranger les cubes. C'est presque l'heure d'aller à la maison.

— Quel est votre secret? demanda Mme Fortin à Mlle Gabrielle une fois que les deux petits garçons eurent quitté la pièce. Je veux dire, il arrive constamment des imprévus ici, mais vous gardez toujours votre calme. Et les enfants semblent vous

écouter quand vous leur demandez quelque chose. Je crois que le Haricot vous écoute mieux qu'il ne m'écoute moi.

Mlle Gabrielle haussa les épaules.

— Je suppose que j'ai l'habitude, dit-elle. Par contre, il y a une chose à laquelle je ne suis pas habituée et je pense que j'ai besoin de votre aide.

Elle montra une porte située au fond de la cuisine.

— Elle est là-bas.

— Elle? Qui? demanda Charles d'un ton curieux en lui emboîtant le pas.

Mlle Gabrielle sortit une clé de sa poche et déverrouilla la porte.

— Elle s'appelle Mona, dit-elle en ouvrant la porte d'un garde-manger.

Charles eut à peine le temps de se demander pourquoi Mlle Gabrielle enfermait une petite fille dans cette pièce. Puis il se rendit compte que Mona n'était pas une petite fille. C'était un chiot.

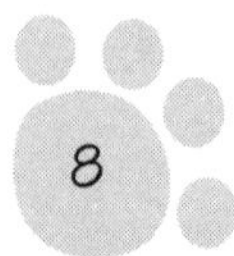

CHAPITRE DEUX

— Oh! dit Charles. Elle est si mignonne!

Mona s'assit sagement, les oreilles dressées et les yeux brillants. Elle remuait vivement sa petite queue, mais elle ne faisait pas de bonds comme d'autres chiots excités et ne reculait pas comme les chiots timides. Elle se contentait d'attendre, en souriant de toutes ses dents, de voir ce qui allait se passer.

Mona était robuste et trapue. Sa robe brun foncé comportait de magnifiques marques feu. Elle avait de grosses pattes, une tête carrée avec des babines qui pendaient et des oreilles triangulaires tombantes. Au-dessus de ses yeux bruns se trouvaient deux taches de couleur feu qui se

contractaient lorsque Mona observait une personne, puis une autre.

Oh! Comme c'est gentil! De la compagnie! Je commençais à me sentir un peu seule.

Mlle Gabrielle alla caresser Mona.

— Tu es très sage, dit-elle au chiot. Tu es vraiment très sage.

Elle se tourna vers Charles et Mme Fortin et ajouta en levant les bras :

— Elle est vraiment gentille, mais comment pourrais-je la garder? Je dirige une garderie. Ma maison est remplie d'enfants tous les jours. Je dois penser à ce que je vais leur donner à manger, à ce que je vais leur enseigner et à leur sécurité. Même si je pouvais avoir un chien dans une garderie, ce qui n'est pas le cas, comment pourrais-je m'en occuper?

Charles avait du mal à en croire ses oreilles : Mlle Gabrielle semblait dans tous ses états. C'était la première fois qu'il la voyait aussi agitée.

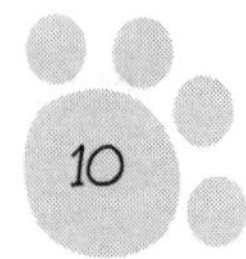

— D’où vient Mona? demanda-t-il en s’approchant de la petite chienne et en la laissant renifler sa main. Est-ce qu’elle s’entend bien avec les enfants? Quel âge a-t-elle? Qu’allez-vous faire d’elle?

Mlle Gabrielle se mit à rire.

— Ça fait beaucoup de questions à la fois. Elle a presque un an et oui, elle paraît très douce avec les enfants. Bien sûr, je ne l’ai pas laissé entrer dans la garderie, parce que je la connais trop peu. Mais elle a passé du temps avec mon neveu et mes nièces hier et elle s’est très bien comportée avec eux. Ils grimpaient dessus et elle n’a pas cillé.

À ces mots, Charles se pencha pour caresser Mona. Elle se pressa contre lui et se laissa gratter entre les oreilles en soupirant de bonheur.

— En ce qui concerne d’où elle vient, poursuivit Mlle Gabrielle, c’est une triste histoire. Mona appartenait à ma tante Roberte qu’on appelait Roberte la grincheuse. Elle adorait les chiens, mais elle n’était pas très gentille avec les gens.

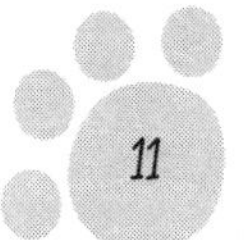

— Elle était? demanda Mme Fortin. Est-ce qu'elle...

Mlle Gabrielle hocha la tête.

— Elle est morte la semaine dernière. Elle a vécu toute seule jusqu'à la fin. Elle acceptait seulement mon aide. J'allais chez elle une ou deux fois par semaine pour lui porter des provisions, faire un peu de ménage, promener Mona, ce genre de choses. Tante Roberte disait toujours que j'étais brave et travailleuse, expliqua-t-elle en baissant les yeux. Je suppose que c'est pour cette raison qu'elle m'a légué Mona avec un peu d'argent pour m'occuper d'elle pendant le reste de sa vie. J'ai appris la nouvelle hier, lors d'une rencontre avec le notaire de ma tante. Mona était avec lui. Je n'avais vraiment pas le choix. Il fallait que je la prenne.

Tout le monde se tourna vers Mona. Celle-ci regarda à son tour tous ces spectateurs avec ses beaux yeux bruns.

— Alors qu'allez-vous faire? demanda Mme Fortin.

Mlle Gabrielle haussa les épaules.

— Je ne sais pas. Mona est merveilleuse et je veux respecter les dernières volontés de ma tante, mais je ne vois pas comment je vais m'en sortir. Ce n'est pas juste d'enfermer un chien dans une pièce minuscule toute la journée, mais je ne peux pas la laisser circuler dans la maison. J'ai beaucoup d'enfants sous ma garde et je doute que leurs parents soient enchantés de voir un chien en liberté dans la garderie.

Charles remarqua que Mona semblait écouter chaque mot qui sortait de la bouche de Gabrielle. Pauvre petite chienne! Elle avait besoin d'une maison.

— Maman... dit Charles en regardant sa mère dans les yeux. On pourrait peut-être donner un coup de main. Et si on hébergeait Mona pendant quelques jours jusqu'à ce que Mlle Gabrielle trouve une solution?

— Vous pourriez? dit Mlle Gabrielle d'un ton soulagé. Ce serait...

Bang! Un grand bruit retentit dans la maison, suivi d'un hurlement. Mona se releva d'un bond, en penchant la tête.

Qu'est-ce que c'était? Tout le monde va bien?

— Oh là là! dit Mlle Gabrielle. On dirait que c'est Spidey.

Elle sortit précipitamment en laissant Charles et Mme Fortin seuls avec Mona qui gémit et fixa la porte.

Charles alla réconforter la petite chienne.

— Tout va bien, lui dit-il.

Comme il n'entendait plus de hurlements, il supposait que Daniel allait bien. En effet, peu de temps après, il entendit tout le monde chanter « Au revoir, mes amis », la chanson que tous les enfants de la garderie chantaient à la fin de la journée. Il serra Mona encore plus fort. Il aimait la sensation du corps chaud et robuste de la petite chienne contre lui.

Mme Fortin lui fit les gros yeux.

— Charles, commença-t-elle à dire.

Elle ne semblait pas contente.

— Je sais, je sais, dit le jeune garçon, j'aurais dû te demander d'abord. Mais ce serait parfait. Mlle Gabrielle a besoin d'aide et nous, nous hébergeons des chiots. On ne pourrait pas la prendre chez nous pendant quelque temps?

Mme Fortin fronça légèrement les sourcils en examinant Mona.

— Eh bien, dit-elle, on devrait d'abord demander à papa...

— Appelle-le! s'exclama Charles en se relevant d'un seul bond.

— ... mais je ne vois pas ce qui nous en empêcherait, continua Mme Fortin avec un sourire. À condition que Mlle Gabrielle ait vraiment besoin de notre aide avec Mona.

— Youpi! s'exclama Charles en brandissant son poing dans les airs.

Puis il s'accroupit de nouveau pour faire un câlin à Mona pendant que Mme Fortin téléphonait à son mari. Les Fortin allaient peut-être accueillir un nouveau chiot. Quelle surprise pour Rosalie!

— Elle semble facile à vivre et calme, dit Mme Fortin au téléphone quelques instants plus tard. Oui, je pense qu'elle s'entendra bien avec Biscuit.

Elle resta silencieuse un instant, puis ajouta :

— D'accord. Nous serons bientôt à la maison.

— As-tu entendu? chuchota Charles à l'oreille de Mona. On dirait que tu vas venir habiter chez nous.

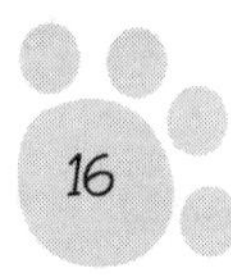

CHAPITRE TROIS

Le lendemain, à l'école, à l'heure du cercle, Charles ne parla que de Mona aux élèves de sa classe.

— Elle est vraiment, vraiment mignonne et si douce! Vous devriez voir comment elle est gentille avec le Haricot.

Il raconta également les circonstances de leur rencontre avec Mona. En fin de compte, Mlle Gabrielle avait convenu qu'il était sans doute préférable que Mme Fortin et Charles emmènent le chiot chez eux le soir même. Le jeune garçon ne pouvait pas arrêter de parler de Mona. Son enseignant, M. Lazure, n'y voyait pas d'inconvénient, car tout le monde aimait entendre parler des chiots que la famille Fortin accueillait.

Bérangère leva la main pour poser une question.

— Quelle sorte de chien est-ce? demanda-t-elle.

— C'est drôle, dit Charles. D'abord, je n'étais pas sûr, mais ma sœur l'a su tout de suite, dès qu'on est arrivés à la maison. Mona est une chienne rottweiler.

Sa sœur Rosalie connaissait toutes les races de chiens. Dans la rue, elle pouvait identifier tous les chiens qu'elle voyait : labrador, corgi, grand bouvier suisse, braque de Weimar... Charles ne savait pas du tout à quoi ressemblaient certains de ces chiens, mais Rosalie le savait.

Nicolas poussa un petit cri.

— Attends! Un rottweiler? Dans ta maison? Tu plaisantes ou quoi? Ce sont les chiens les plus méchants, les plus féroces et les plus effrayants du monde entier!

Charles le dévisagea, interloqué. Cette description ne ressemblait pas du tout à Mona.

— De quoi parles-tu? demanda-t-il.

— Tout le monde sait que les rottweilers sont des chiens costauds, affirma Nicolas, et qu'ils ont de grandes dents et des mâchoires de crocodiles et qu'ils sont imprévisibles. Tu crois qu'ils sont amis avec toi et l'instant d'après, ils t'attaquent et te mordent.

Charles se tourna vers M. Lazure.

— Ça ne peut pas être vrai, dit-il à son enseignant.

Il ne savait pas grand-chose sur les rottweilers, mais il connaissait déjà bien Mona et ne pouvait pas croire qu'elle soit capable d'attaquer quelqu'un.

— Rosalie dit que les rottweilers sont des chiens intelligents, loyaux et calmes.

M. Lazure fronça les sourcils.

— On dirait que nous avons tous besoin d'en apprendre davantage sur ces chiens, dit-il avec un petit sourire en coin que Charles connaissait bien.

Charles étouffa un grognement. Il se doutait de ce que son enseignant allait dire.

— Charles et Nicolas, j'aimerais que vous travailliez ensemble sur un projet que vous présenterez au reste de la classe. Je vais vous aider à commencer vos recherches et j'espère que nous pourrons découvrir la vérité au sujet des rottweilers.

Charles et Nicolas échangèrent un regard et levèrent les yeux au ciel. Ils auraient dû savoir qu'avec M. Lazure, tout était prétexte à un projet.

Benjamin leva la main.

— C'est comme les pitbulls, dit-il. Tout le monde dit qu'ils sont méchants et vicieux, mais ce n'est pas toujours vrai. Mon oncle Jacques en a un et il est doux comme un agneau. Il s'appelle Sacha. Mon oncle dit que les pitbulls ont une mauvaise réputation parce que certaines personnes les dressent à être méchants.

M. Lazure hocha la tête.

— Quand j'étais au collège, un de mes amis avait un pitbull. C'était la même chose. Le chien était gentil, mais tout le monde avait peur de lui. Je suppose que parfois, nous jugeons les chiens, ou les gens, de façon injuste.

Il mit les mains sur ses genoux et se releva.

— Étirons-nous donc un peu, puis sortons nos livres de mathématiques. Il est temps de se mettre au travail.

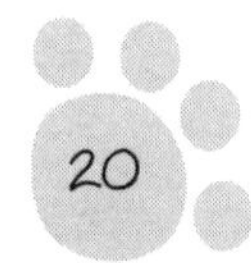

Après les mathématiques, ils travaillèrent sur les sciences, puis ce fut l'heure des Copains de lecture. Pour finir, ils eurent un cours d'arts plastiques durant lequel ils préparèrent des affiches pour la fête de l'école. Au grand soulagement de Charles, il n'y avait plus assez de temps pour commencer à travailler sur le projet au sujet des rottweilers. Charles était fâché d'apprendre que des gens pourraient avoir peur d'une chienne aussi douce que Mona.

Cet après-midi-là, Amanda, la tante de Charles, vint faire la connaissance de Mona. Charles lui rapporta les paroles de Nicolas. Tante Amanda savait encore plus de choses sur les chiens que Rosalie. Dans sa garderie pour chiens, Les Amis de Bouly, elle s'occupait de chiens dont les maîtres étaient au travail ou en vacances. En fait, sa garderie ressemblait beaucoup à la Garderie Gabrielle, avec des chiens au lieu d'enfants. Il y avait une cuisine où tante Amanda préparait des friandises, une aire de jeux à l'intérieur et à l'extérieur et une pièce pour faire la sieste. Parfois, les chiens faisaient même du bricolage, comme de la peinture avec leurs pattes au lieu de la peinture au doigt.

— Eh bien, certaines personnes se servent des rottweilers comme chiens de garde, dit tante Amanda. Ils sont très protecteurs; ça fait partie de leur nature loyale. Si quelqu'un essaie de faire mal à leur maître, ils feront n'importe quoi pour le protéger.

Elle caressa les oreilles de Mona et ajouta :

— C'est vrai aussi que ces toutous deviennent costauds et qu'ils ont de grandes dents et des mâchoires puissantes, n'est-ce pas ma petite? dit-elle à Mona d'un ton cajoleur.

La chienne se blottit contre la main de tante Amanda et la regarda avec ses grands yeux de velours.

Moi? Je suis seulement un bébé.

Charles ne pouvait pas imaginer que cet adorable chiot puisse se transformer en chien méchant et féroce.

— Mais Mona ne sera pas comme ça, n'est-ce pas? demanda-t-il.

Tante Amanda secoua la tête.

— Pas si elle grandit avec un bon maître, quelqu'un qui reste ferme avec elle et lui apprend à maîtriser sa force. Je suis convaincue qu'il n'y a pas de mauvais chiens, juste de mauvais maîtres. La race du chien importe peu. Tout chien peut être dressé à être vicieux... ou affectueux.

Charles hocha la tête. Il allait peut-être inclure cette information dans sa présentation sur les rottweilers.

Ce soir-là, après le souper, Charles s'assit par terre au salon, pour jouer avec Biscuit et Mona. Il remarqua que, contrairement aux autres chiots que sa famille avait accueillis, Mona n'essayait jamais de mordre les mains et les pieds. Au fil du temps, Charles s'était habitué aux petites dents pointues des chiots et savait que bon nombre d'entre eux aimaient mordiller les gens et les autres chiens. Il avait même appris, en s'occupant d'un chihuahua nommé Chichi, que c'était une bonne idée de dire « Aïe! » afin de montrer qu'il ne fallait pas mordre.

Mais Mona n'avait pas besoin d'apprendre cette leçon. Elle était naturellement gentille. Elle aimait lutter avec Biscuit et le pourchasser dans la pièce, mais Charles ne l'avait jamais entendue grogner et il ne l'avait jamais vue montrer les dents, même pour jouer.

Enfin, du moins jusqu'à ce qu'elle rencontre M. Canard.

Quand Charles lui montra la vieille peluche usée de Biscuit, Mona sauta dessus et la saisit dans ses mâchoires puissantes. Puis elle la secoua dans tous les sens en faisant des bruits de gorge rauques. Quand elle mordit à plusieurs reprises dans la peluche jaune, elle découvrit des dents blanches et pointues.

À cette vue, l'estomac de Charles se contracta. Il se souvint de ce que Nicolas avait dit sur le caractère imprévisible des rottweilers. Et si Nicolas avait raison? Mona s'avérerait-elle méchante en fin de compte? Et si elle décidait subitement de mordre Charles tout comme elle mordait M. Canard?

Cette nuit-là, pour la première fois de sa vie, Charles ne protesta pas quand Rosalie insista pour que le nouveau chiot dorme dans sa chambre. Pour la première fois de sa vie, Charles comprenait ce que ressentaient les gens qui avaient peur des chiens.

CHAPITRE QUATRE

Charles avait toujours eu pitié des gens qui avaient peur des chiens. Il savait qu'ils ne comprenaient pas que la plupart des chiens étaient gentils; à condition de les approcher doucement, de demander la permission à leur maître d'abord et de ne pas faire de gestes brusques, la plupart des chiens étaient inoffensifs.

La plupart des chiens.

Maintenant, Charles commençait à avoir des doutes. Mona était-elle comme la plupart des chiens? Ou bien était-elle comme les rottweilers dont Nicolas avait parlé, ceux qui étaient féroces et méchants?

Tante Amanda avait dit que le problème, ce n'était pas la race, mais les maîtres. Cette nuit-là, Charles

eut du mal à dormir. Il se souvint de ce que Mlle Gabrielle avait dit au sujet de la maîtresse de Mona. Tout le monde l'appelait Roberte la grincheuse, car elle ne s'entendait pas bien avec les gens. Roberte la grincheuse avait peut-être dressé sa chienne à être aussi méchante qu'elle. À cette pensée, Charles écarquilla les yeux et resta éveillé pendant longtemps. Rosalie était-elle en sécurité avec Mona dans sa chambre? Que devrait-il faire s'il entendait des grognements depuis le couloir? Si le chiot blessait sa sœur, ce serait entièrement de sa faute.

Le lendemain matin à l'école, Charles bâilla pendant toute la discussion à l'heure du cercle et se contenta de hocher la tête quand M. Lazure lui demanda des nouvelles de Mona. Durant la récréation, au terrain de jeux, il se boucha les oreilles quand Nicolas commença à lui parler des pitbulls qui étaient dressés à se battre. Et l'après-midi, lorsqu'il poursuivit ses recherches sur Internet pour sa présentation sur les rottweilers, il cliqua rapidement sur toutes les images de rottweilers qui portaient des colliers à pointes ou qui aboyaient en découvrant leurs mâchoires puissantes. Il essaya de se concentrer plutôt sur les choses positives qu'il lisait au sujet des rottweilers. Par exemple, ils étaient souvent très bons avec les enfants.

Mais plus tard ce jour-là, quand Rosalie et lui rentrèrent de l'école, Mona fonça sur eux. Elle secouait la tête d'une drôle de façon et retroussait ses babines, laissant entrevoir ses dents blanches brillantes et pointues. Il sembla alors à Charles que Mona avait grandi depuis qu'il l'avait vue quelques heures auparavant. Son poitrail robuste et ses longues pattes lui donnaient l'air d'un petit char d'assaut. Et ce petit char d'assaut se dirigeait droit sur lui.

— Oh Mona! s'exclama Rosalie en s'agenouillant pour serrer la petite chienne dans ses bras. Tu es contente de nous voir, n'est-ce pas? Tu fais encore ton drôle de sourire!

Elle frotta la tête de Mona et caressa ses flancs. La petite queue de Mona remua deux fois plus vite.

Je suis si contente que tu sois rentrée. Je me suis ennuyée toute la journée. C'est tellement plus amusant d'être entourée de plein de gens.

Rosalie se tourna vers Charles.

— Qu'est-ce que tu as? demanda-t-elle.

— Rien, répondit-il en haussant les épaules.

Mais il resta figé derrière sa grande sœur.

— Tu n'as pas... commença à dire Rosalie en le dévisageant. Tu n'as tout de même pas peur de ce chiot?

Charles émit un petit rire qui sonnait faux.

— Ha, ha, ha! Bien sûr que non, affirma-t-il.

Puis il se dit qu'il était plus prudent de changer de conversation et ajouta :

— J'ai faim. Je me demande ce que maman nous a laissé comme collation.

Il contourna Rosalie et Mona et se dirigea vers la cuisine.

Charles parvint à éviter Mona pendant le reste de l'après-midi sans que cela paraisse trop évident. Il porta sa collation, des tranches de pommes et du fromage effiloché, dans sa chambre sous prétexte de devoir travailler sur sa présentation. Il laissa Biscuit entrer avec lui, mais referma la porte derrière le gentil petit chien. Plus tard, quand Mme Fortin annonça qu'elle allait chercher le Haricot à la garderie, Charles se porta volontaire pour l'accompagner. Puis, une fois de retour à la maison, Charles proposa de jouer avec le Haricot. Il aida son petit frère à construire une voie ferrée sur la nouvelle table que M. Fortin avait installée dans la salle de jeux.

— C'est vraiment gentil de ta part, dit Mme Fortin en mettant des casseroles sur la cuisinière et en sortant des aliments du réfrigérateur. Je voulais commencer à préparer le souper.

Le Haricot était déjà dans la salle de jeux et Charles l'entendit crier :

— Non, non, non!

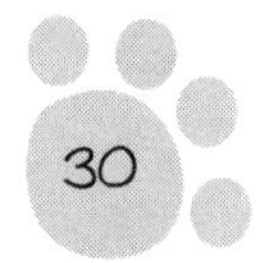

— Oh là là! dit Mme Fortin en roulant les yeux.

Elle posa l'oignon qu'elle avait dans les mains.

— Je vais aller voir, dit Charles en se précipitant vers la salle de jeux.

Qu'est-ce qui pouvait bien se passer?

Il s'arrêta sur le seuil de la porte. Mona poussait le Haricot contre la table où se trouvaient les trains.

— Non, Mona! cria Charles.

Mona se tourna vers lui. Une lueur s'alluma dans ses yeux bruns, lui donnant un air surpris, ou (s'imagina Charles) furieux.

Qu'est-ce que j'ai fait? Pourquoi es-tu en colère? Je voulais juste être gentille.

Le Haricot avait cessé de crier. Il était sans doute terrorisé. Charles frappa des mains.

— Viens ici, Mona. C'est l'heure de sortir.

Il se dirigea vers la porte arrière en vérifiant par-dessus son épaule que la petite chienne le suivait. Il

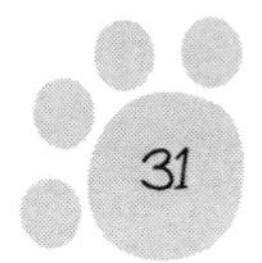

marchait vite afin de garder une avance sur elle pour qu'elle ne puisse pas le mordre.

— Dehors, dit-il en ouvrant la porte qui donnait sur la terrasse et la cour clôturée.

Mona y serait en sécurité et il pourrait la surveiller depuis la fenêtre de la salle de jeux.

— Va jouer! ajouta-t-il en s'écartant prudemment pour la laisser sortir.

— Ça va? lança Mme Fortin depuis la cuisine.

— Je crois que oui, répondit Charles.

Il retourna à la salle de jeux et s'assura que le Haricot ne s'était pas fait mordre.

— Est-ce que Mona t'a fait mal? demanda-t-il.

Le Haricot secoua la tête et se mit à sucer son pouce.

Charles n'insista pas. Il ne voulait pas faire peur à son petit frère.

— Allons installer ces rails, dit-il. On devrait construire un grand pont ici.

Il se dirigea vers la table et commença à assembler des pièces. De temps en temps, il jetait un coup d'œil

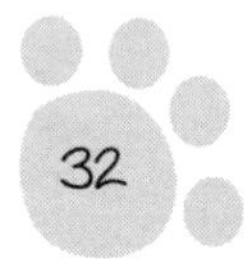

par la fenêtre pour voir ce que Mona faisait. Chaque fois qu'il regardait, elle était en train de renifler ici et là dans la cour.

Le Haricot adorait sa nouvelle table pour les trains. Charles assembla une locomotive et trois wagons et les fit rouler sur la voie ferrée qu'il venait de construire. Le Haricot sautait de joie.

— Tchou, tchou! criaient-ils tous deux en faisant avancer le train le long d'un lac et d'une petite ville bordée d'arbres miniatures.

Charles vérifia encore une fois ce que Mona faisait. Tout d'abord, il ne la vit pas. Puis il aperçut la petite chienne au poil brun et noir luisant. Elle trottinait dans la cour en tenant quelque chose dans ses mâchoires. Quelque chose qui pendait et se tortillait.

— Mona, non! Lâche ça! s'exclama Charles depuis la fenêtre.

Puis il se tourna vers sa mère et Rosalie, et se mit à hurler :

— Au secours! Mona a attrapé quelque chose!

CHAPITRE CINQ

Charles resta à la fenêtre et regarda Mona qui traversait la cour en trottinant. Elle affichait l'air fier et heureux de Biscuit quand il attrapait l'un de ses jouets, le secouait et paradait dans la pièce. Charles frémit. C'était horrible! Pourquoi avait-il eu la mauvaise idée d'accueillir un chiot féroce?

— Mona est vilaine, dit le Haricot. Vilaine chienne.

Il disait cela parce qu'il avait entendu Charles crier. Heureusement, le Haricot était trop petit pour voir par la fenêtre. Charles ne voulait absolument pas que son petit frère voie Mona avec un animal dans la gueule.

— Reste ici. Ne bouge pas. Sois sage.

Charles fit asseoir son petit frère sur le sol et lui

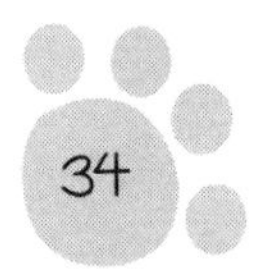

montra un tas de wagons.

— Fais-moi un très long train, d'accord?

Charles se précipita vers la porte arrière et retrouva Rosalie et sa mère sur la terrasse. Tous trois observèrent Mona qui se dirigeait vers le coin le plus reculé de la cour, là où un hamac était accroché à deux grands pins.

— Berk, dit Rosalie. Ceci ne nous est jamais arrivé. Pensez-vous que c'est un écureuil? Que devrions-nous faire?

Mme Fortin serra ses lèvres et dit :

— Nous devons aller récupérer ce qu'elle a dans la gueule avant qu'elle ne le mange.

Elle sortit dans la cour et suivit Mona.

Charles et Rosalie haussèrent les épaules et emboîtèrent le pas à leur mère.

— Où a-t-elle bien pu aller? marmonna Mme Fortin en écartant des buissons et en regardant sous les branches basses des pins.

— Notre cour n'est pas bien grande. Et le portail est fermé, alors elle n'a pas pu s'échapper.

Une fois, un chiot sous leur garde s'était échappé en creusant sous la barrière. Charles se souvint de ces jours terribles où Zigzag, le chiot teckel, s'était sauvé et s'était perdu. Mais Mona n'aurait pas eu le temps de creuser un trou suffisamment grand.

— Regardez! dit Rosalie en montrant un grand buisson près de la barrière.

Ses branches touchaient le sol et formaient une sorte de petite grotte.

— Chut! dit-elle en s'approchant du buisson à pas de loup, suivie de Mme Fortin.

Charles ne souhaitait pas s'approcher davantage. Et si Mona essayait de défendre son butin? Elle risquait de foncer sur eux en montrant les dents, les oreilles rabattues. Il resta en arrière et attendit de voir ce que sa mère et Rosalie allaient trouver. Elles se penchèrent et jetèrent un coup d'œil à la cachette de Mona.

— Pour l'amour du ciel! s'exclama Mme Fortin d'une voix étouffée. Oh Mona!

— Comme c'est adorable, soupira Rosalie en

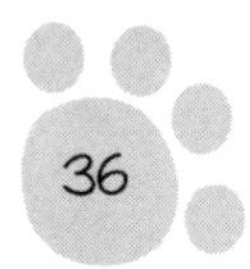

posant une main sur son cœur.

— Adorable? demanda Charles.

La curiosité le poussa à s'approcher.

— Que voulez-vous dire? ajouta-t-il.

— Mona n'a fait de mal à personne, dit Mme Fortin. Elle s'occupe juste d'un chaton nouveau-né.

Elle se redressa et regarda en direction de la maison. Puis elle leur montra une chatte au poil noir et blanc lustré qui s'avançait vers eux, quelque chose pendant de sa gueule.

— Ce doit être la mère, dit-elle. Voilà un autre chaton. Elle doit être en train de déplacer sa portée dans un endroit plus calme. Je me demande où ils ont bien pu naître.

Charles regarda la chatte traverser la cour. Il avait déjà entendu dire qu'une chatte transportait ses chatons par la peau du cou, mais il ne l'avait jamais vu faire. Il était étonné que la mère puisse tenir le chaton si fermement et si doucement à la fois. Suspendu dans les airs, le petit, confiant, ne se débattait pas du tout.

La chatte plongea dans les buissons. Elle ignora superbement les humains et installa le deuxième chaton à côté du premier qui était couché le long du flanc gigantesque de Mona. Elle frotta son nez contre les deux chatons et toucha la truffe de Mona qui remua gentiment sa petite queue d'une façon rassurante.

Ils seront en sécurité ici. Je te le promets.

La chatte fit demi-tour et retourna dans la cour, sans doute pour aller chercher les autres chatons. Charles se faufila sous le buisson à côté de Rosalie pour mieux voir. Les chatons avaient dû l'entendre, car ils se tournèrent vers lui. Ils étaient si jeunes que leurs yeux étaient encore clos. L'un des chatons était gris tigré tandis que l'autre était noir et blanc comme sa mère. Leurs oreilles n'étaient pas plus grosses que l'ongle du petit doigt de Charles. Le chaton tigré bâilla. Sa petite bouche rose s'ouvrit toute grande et il tendit une minuscule patte vers le jeune garçon.

— Ohhh! s'exclama-t-il. Je n'ai jamais rien vu de plus…

De plus quoi? Il ne trouvait pas de mots pour exprimer le sentiment qu'il ressentait en regardant Mona et les chatons.

En un clin d'œil, toutes ses peurs s'évanouirent. Comment avait-il pu avoir peur de cette chienne extraordinaire? Un chiot qui aidait une chatte à déplacer ses chatons ne ferait de mal à personne. Évidemment.

Puis Mona releva la tête. Elle dressa l'oreille, renifla l'air et pencha la tête.

J'entends quelque chose. Quelqu'un a besoin de moi.

Elle se releva rapidement, mais sans déranger les chatons, et se dirigea vers la maison d'un pas déterminé. Quand Charles se tourna pour la regarder, il entendit un cri lui aussi. Le Haricot pleurait.

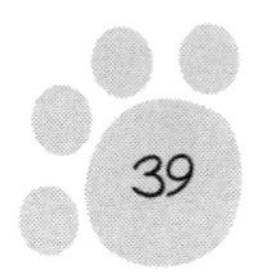

— Le Haricot! s'écria-t-il. Il est resté tout seul à la maison!

Tout le monde se précipita vers la porte arrière. Quand Charles l'ouvrit, Mona le dépassa en courant et traversa la cuisine à toute allure, tel un éclair noir et feu.

Le temps qu'ils arrivent, la magie de Mona avait déjà opéré. Le Haricot était assis par terre et essuyait ses joues ruisselantes de larmes. Mona était collée contre lui, comme une immense couverture le protégeant. Elle reniflait ses cheveux et léchait gentiment son visage.

— Où étiez-vous? gémit le Haricot en voyant Charles et les autres. J'étais tout seul!

— Nous sommes ici, maintenant.

Mme Fortin le prit dans ses bras et lui fit un gros câlin.

— Tout va bien maintenant, mon petit Haricot. Nous sommes ici.

Charles alla caresser Mona.

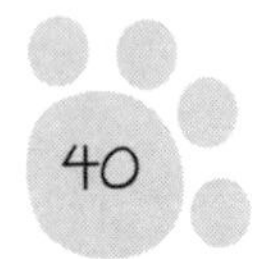

— Je suis désolé, murmura-t-il dans son oreille brune très douce. Je n'aurai plus jamais peur de toi. Je te le promets.

Maintenant, il savait que Mona était sans doute en train de réconforter le Haricot quand il l'avait surprise avec le bambin plus tôt. Et au lieu de la féliciter, Charles l'avait mise dehors dans la cour. Il savait aussi que le petit chiot noir et feu dormirait au pied de son lit ce soir-là.

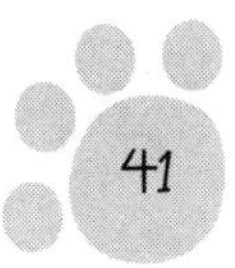

CHAPITRE SIX

— Des poules! s'écria le Haricot en tendant le doigt et en riant aux éclats.

En effet, par-dessus une barrière peu élevée, Charles vit de nombreuses poules qui allaient et venaient. Il y en avait des rousses, des blanches et d'autres avec des taches noires et blanches. Elles caquetaient, grattaient le sol avec leurs pattes et ébouriffaient leurs plumes. Bref, elles se comportaient comme des poules.

Charles tint fermement la laisse de Mona. Il n'était pas sûr de la façon dont elle réagirait à la vue des poules. Et si elle décidait de les pourchasser? C'était peu probable, mais on ne savait jamais.

En cet après-midi ensoleillé et verdoyant, Charles,

le Haricot et Mme Fortin étaient à la Ferme des Pitchounets. Ils étaient allés visiter les lieux avant la sortie de la garderie. Rosalie avait suggéré que Mona les accompagne, car celle-ci avait besoin de socialiser et il était important de l'exposer à de nouvelles personnes dans des environnements différents. D'après elle, la ferme était l'endroit parfait.

La ferme était *bel et bien* parfaite. Aux yeux de Charles, elle ressemblait à une image de l'ancien temps avec son grand bâtiment principal tout blanc et sa grange rouge délavée entourée de jardins débordant de fleurs, de fines herbes et de légumes. Au milieu de la cour se trouvait un vieux pommier gigantesque avec une balançoire accrochée à une grosse branche. La ferme était calme et paisible. Judith et Jean, les fermiers qu'ils venaient de rencontrer, étaient souriants et très gentils. Leurs pieds nus étaient boueux. Charles connaissait Judith : il l'avait déjà vue au kiosque à légumes où sa famille achetait parfois du maïs.

Mona leva les yeux vers Charles et lui adressa son sourire spécial. Cette fois, il n'eut pas peur à la vue de ses dents blanches et lui rendit son sourire. Elle sembla comprendre qu'il était content d'elle, sans même qu'il la caresse ou lui dise un seul mot. Elle remua la queue et secoua la tête ce qui fit claquer ses oreilles. Puis elle bâilla et s'allongea en étirant ses pattes avant.

Cet endroit valait la peine que je quitte mes petits amis les chatons.

— Bonne chienne, Mona! dit Charles en lui grattant les oreilles.

Au cours des derniers jours, il avait découvert qu'elle était la chienne la plus douce et la plus gentille qu'il ait jamais rencontrée. Elle était une véritable tante pour les chatons dans la cour. Elle passait du temps avec eux tous les jours et les surveillait quand leur mère s'absentait.

Charles savait que les chatons et leur mère iraient

bientôt au refuge des Quatre Pattes. Rosalie et lui avaient sillonné les environs à la recherche d'affiches signalant un chat perdu. Ils avaient également posé la question à la police et aux vétérinaires du coin, mais personne ne semblait avoir perdu de chat. Charles regarda la grange rouge et se demanda si les fermiers aimeraient avoir un ou deux chatons. Il savait que de nombreux fermiers prenaient des chats pour faire la chasse aux souris dans les granges. Il jeta un coup d'œil au balcon arrière de la ferme où Mme Fortin discutait avec Judith.

Il s'approcha de l'enclos des poules avec le Haricot et celui-ci appela la plus grosse poule rousse :

— Viens ici, cocotte. Viens! chantonna-t-il en passant ses doigts à travers la barrière.

Une voix dit alors :

— Celle-là n'aime pas jouer.

Charles se retourna et vit une petite fille aux cheveux blond clair. Il avait l'impression de l'avoir déjà vue. Il se rappela alors qu'elle était avec Judith au kiosque à légumes le jour où il cherchait Zigzag,

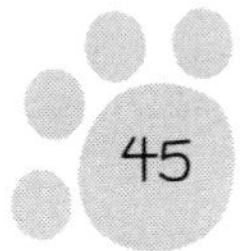

le teckel vagabond.

— Elle s'appelle Esméralda et elle a peur des gens, mais tu peux appeler Bonita, la poule blanche qui est là-bas.

Le Haricot dévisagea la petite fille.

— Qui es-tu? demanda-t-il.

— Je m'appelle Marianne, répondit-elle. Je vis ici. Je m'occupe des poules. Et des canards aussi.

Le Haricot écarquilla les yeux. Charles était surpris. Marianne ne semblait guère plus âgée que le Haricot.

— C'est une grande responsabilité, dit-il.

— Maman m'aide, dit Marianne en désignant Judith du doigt. Mais c'est moi qui trouve tous les œufs. Et je donne à manger aux poules tous les matins. Parfois, les poules me picorent si elles ne sont pas contentes.

Le Haricot écarquilla davantage les yeux et recula de la barrière.

Mona posa sa truffe dans la main de Marianne, à la recherche de caresses.

— Oh! dit Marianne. C'est votre chien?

— Nous l'hébergeons en attendant de lui trouver un foyer, dit Charles. Elle s'appelle Mona.

— Elle est gentille, dit Marianne. Mais nous avons déjà un chien. Voulez-vous aller voir les canards?

Elle se dirigea avec assurance vers un étang argenté au pied d'une colline couverte d'herbe haute.

Charles jeta un coup d'œil à la ferme. Judith était en train de montrer le jardin de fines herbes à Mme Fortin. Il lui fit signe de la main.

— Nous allons voir les canards, lança-t-il.

— Nous vous rejoindrons là-bas, répondit Mme Fortin.

— Allons-y, dit Charles au Haricot.

Ils suivirent Marianne qui se mit à leur parler des canards.

— Ils dorment avec les poules, mais durant la journée, ils préfèrent l'étang, expliqua-t-elle. Cette cane blanche s'appelle Juliette, la brune, c'est Raiponce, et celle aux plumes blanches et brunes s'appelle Sandra. Le canard qui a des plumes vertes sur le cou est un mâle. Il s'appelle Roméo et un renard a essayé de l'attraper une fois, mais il s'est sauvé. Il…

Elle poursuivit son bavardage. Charles hochait la tête et souriait, mais le Haricot se lassa vite et se mit à courir devant eux.

— Ne t'approche pas trop de l'étang! cria Charles.

Le Haricot ne sembla pas l'entendre. Il descendit la colline à toute allure, dans l'herbe haute parsemée de pissenlits. Mona se mit à galoper derrière lui et Charles dut courir pour la suivre.

— Attends! hurla Charles.

— Attrape-le! cria Mme Fortin derrière Charles.

Le Haricot rit aux éclats et continua de courir. Soudain, il trébucha, tomba et commença à dévaler la pente en roulant. Il se dirigeait tout droit vers la rive.

— Non! hurla Charles.

D'une seconde à l'autre, son petit frère risquait de tomber dans l'étang et il ne pouvait rien faire pour l'en empêcher.

CHAPITRE SEPT

Charles sentit ses cheveux se hérisser. Même s'il courait à toutes jambes, il ne parviendrait pas à attraper le Haricot à temps. Quelle pouvait bien être la profondeur de l'étang? Peut-être un mètre ou deux. Mais le Haricot faisait moins d'un mètre et ne savait pas nager.

Brusquement, Mona aboya et bondit en avant, arrachant la laisse des mains de Charles.

— Maman! hurla Charles en se retournant pour voir si sa mère approchait.

Elle dévalait la colline elle aussi, mais elle était encore plus loin du Haricot que lui.

Il se retourna, s'attendant à voir le Haricot atterrir dans l'eau. Mais à la place, il vit Mona, la merveilleuse Mona, foncer à toute vapeur, telle une petite locomotive. Au dernier moment, elle fit un bond athlétique par-dessus le Haricot, puis elle s'interposa entre lui et l'étang.

Pouf! Le Haricot percuta le chiot noir et feu… et s'arrêta.

— Ensuite le Haricot a regardé Mona et il s'est mis à rire aux éclats. Il a ri longtemps. Il ne savait même pas qu'elle venait peut-être de lui sauver la vie, raconta Charles le lendemain matin à l'école.

Quand M. Lazure avait demandé aux élèves s'ils avaient quelque chose à partager à l'heure du cercle, Charles avait levé frénétiquement la main. Il avait tellement hâte de raconter à ses camarades comment Mona avait empêché le Haricot de tomber dans l'étang. Il la revoyait, bondissant dans l'herbe, ses pattes puissantes propulsant son corps robuste jusqu'au bas de la colline. Elle avait couru si vite! Plus vite que Charles l'en croyait capable. En quelques secondes seulement, elle avait rattrapé

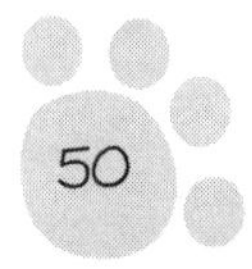

le Haricot.

Charles se souvint que les canards agitaient leurs ailes et cancanaient. Mme Fortin avait dévalé la colline et avait saisi le Haricot dans ses bras. Judith n'avait cessé de parler du comportement héroïque de Mona.

— Super! fit David, un ami de Charles. As-tu dit à Mona qu'elle était une bonne chienne?

Charles hocha la tête.

— Je lui ai fait des câlins et beaucoup de caresses. Je n'avais jamais vu un chien faire une chose pareille.

M. Lazure sourit.

— Quelle merveilleuse histoire, Charles. Merci de l'avoir partagée avec nous. Mona doit être une chienne très spéciale.

Puis il consulta sa montre et ajouta :

— Nous devons maintenant faire un peu de mathématiques, mais nous aurons du temps après le dîner pour écouter la présentation que Nicolas et toi avez préparée sur les rottweilers.

Charles échangea un regard avec Nicolas.

— Je suppose que nous sommes *presque* prêts, dit-il.

— Vous pouvez utiliser l'ordinateur à midi si vous voulez, suggéra M. Lazure.

C'est ainsi que Charles et Nicolas se retrouvèrent à l'intérieur durant la récréation de midi. Ils téléchargèrent des photos de chiens au lieu de jouer dans la cour. Mais cela en valait la peine. Le temps que leurs camarades reviennent, la présentation était finie.

M. Lazure fit taire tous les élèves et leur demanda de s'asseoir à leurs pupitres. Puis il fit venir Charles et Nicolas à l'avant de la classe. Charles tenait à la main un dossier contenant la présentation (c'est-à-dire leurs notes et beaucoup de photos).

Il avait aimé faire des recherches sur les rottweilers et avait appris beaucoup de choses sur ces chiens. Mais il n'aimait pas particulièrement être debout et parler devant toute la classe. Il donna un petit coup de coude à Nicolas et lui dit :

— Tu parles le premier.

Il regarda dans le dossier et en sortit l'une des meilleures photos qu'ils avaient trouvées : un rottweiler heureux courant vers l'appareil photo avec un grand sourire. Il la brandit dans les airs.

— Certaines personnes, commença Nicolas, disent que les rottweilers sont les races de chiens les plus incomprises avec les pitbulls. Maintenant que j'en sais plus sur eux, je pense que c'est vrai. Je faisais partie des gens qui croyaient que les rottweilers étaient tous méchants et vicieux. Maintenant, je sais qu'ils peuvent être gentils. En partie à cause de cette présentation, mais surtout à cause de ce que j'ai entendu dire sur Mona.

Il continua à parler de toutes les choses que Charles et lui avaient apprises au sujet des rottweilers.

— À l'origine, ils venaient d'Allemagne et étaient des chiens de ferme qui rassemblaient les troupeaux de vaches. Ces chiens loyaux et protecteurs sont généralement très calmes. Parfois, ils ne font pas confiance aux étrangers tout de suite, mais une fois qu'ils vous connaissent, ils s'attachent à vous.

Pendant que Nicolas parlait, Charles s'était habitué à être debout devant la classe et il était maintenant prêt à prendre la parole.

— Comme ils sont grands, costauds et intelligents, les rottweilers sont parfois dressés à être des chiens de garde, expliqua-t-il à son tour. C'est pour cela qu'ils ont la réputation d'être féroces. Mais ils ne sont pas nécessairement tous comme ça. Ils s'entendent très bien avec les enfants et les autres animaux. J'ai même trouvé un article au sujet d'un rottweiler qui passait du temps tous les jours dans une garderie où il aidait à calmer et à réconforter les enfants. Les rottweilers sont d'excellents chiens, à condition que leurs maîtres soient fermes avec eux et leur apprennent à être bons et gentils.

Quand Charles et Nicolas eurent fini, M. Lazure demanda à la classe de les applaudir.

— Excellent travail, les garçons, dit-il. Je pense que c'est particulièrement intéressant de voir

qu'après avoir travaillé sur ce projet, Nicolas a changé d'avis au sujet des rottweilers. L'année prochaine, vous apprendrez à écrire des lettres et des textes d'opinion. Qui sait ce que cela veut dire?

— Est-ce convaincre quelqu'un de quelque chose? demanda Charles.

Il se souvenait de la fois où Rosalie avait écrit un texte qui l'avait aidée à trouver un foyer pour l'un des chiots que les Fortin accueillaient.

— Ou aider quelqu'un à voir les choses sous un angle différent? ajouta-t-il.

— Exactement, poursuivit M. Lazure. En apprenant à bien écrire, vous pouvez faire part de votre point de vue à d'autres gens et les convaincre de penser comme vous.

Charles y réfléchit longuement. Si sa présentation avait persuadé ses camarades de classe que les rottweilers n'étaient pas méchants, il pourrait peut-être convaincre d'autres personnes. Par exemple, il

pourrait convaincre Mlle Gabrielle que Mona avait sa place à la garderie après tout.

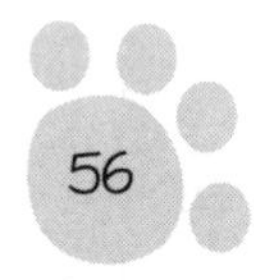

CHAPITRE HUIT

Charles eut l'occasion de parler à Mlle Gabrielle plus tôt que prévu. L'après-midi suivant, Mme Fortin vint le chercher après son entraînement de soccer et ils allèrent ensemble chercher le Haricot à la garderie. Comme ils étaient un peu en retard, tous les autres enfants étaient déjà partis et Mlle Gabrielle était seule à la cuisine. Elle nettoyait l'évier et le Haricot « l'aidait » en sortant toutes les casseroles de l'une des armoires.

Mlle Gabrielle sourit en les voyant.

— Je suis si contente que vous veniez en fin de journée, dit-elle en repoussant ses cheveux en arrière d'une main mouillée et savonneuse. Je n'ai pas eu la chance de vous parler durant toute la semaine.

J'ai été si occupée!

— Mona va très bien, dit immédiatement Charles.

Il supposait que Mlle Gabrielle voulait avoir des nouvelles du chiot qu'elle leur avait confié.

— C'est ce que j'ai entendu dire, reprit Mlle Gabrielle. Le Haricot parle sans cesse de Mona. Son imagination n'a pas de limites. Il invente toutes sortes d'histoires à son sujet. Les enfants ont adoré l'entendre raconter comment Mona avait aidé une chatte à déplacer tous ses chatons et comment elle avait empêché le Haricot de tomber dans un étang. Je ne sais pas d'où viennent ces histoires abracadabrantes.

— Ce ne sont pas des histoires! s'écria Charles avant que Mme Fortin ait eu le temps de dire un seul mot. Tout cela est absolument vrai. C'est ce que je voulais vous dire. Mona est héroïque.

Mlle Gabrielle sembla surprise.

— Vraiment? Elle a fait tout ça?

Elle jeta un regard interrogateur à Mme Fortin qui hocha la tête.

— C’est vrai, dit cette dernière. Je l’ai vu de mes propres yeux. Mona est un chiot très spécial.

— Spécial, répéta le Haricot.

Il fit des bonds et cria :

— Sauve-moi, Mona!

Charles se mit à rire et lui demanda :

— Elle doit te sauver de quoi au juste?

Mlle Gabrielle sourit au Haricot.

— C’est un nouveau jeu, expliqua-t-elle. Tous les enfants y jouent depuis qu’ils ont entendu ces histoires au sujet de Mona. L’un d’entre eux fait semblant d’avoir des problèmes. Un autre joue le rôle de Mona et le « sauve ». C’est très amusant.

Charles inspira profondément avant de se lancer dans son argument :

— Mlle Gabrielle, je sais que vous avez dit que vous ne pouvez pas vous occuper d’un chiot, et je sais que certaines personnes pensent qu’un rottweiler n’a pas sa place dans une garderie, mais j’aimerais bien que vous donniez une autre chance à Mona.

Mlle Gabrielle s'essuya les mains sur un torchon et pencha la tête.

— Vraiment? demanda-t-elle. À dire vrai, je suis triste à l'idée de la donner. Dis-m'en plus, s'il te plaît.

Charles courut jusqu'à la voiture pour y prendre le dossier qui était dans son sac à dos. Puis il raconta à Mlle Gabrielle tout ce qu'il avait appris sur les rottweilers. Il lui montra les photos qu'il avait trouvées et lui parla du site Web au sujet du rottweiler qui passait la journée dans une garderie et aidait à s'occuper des enfants.

Mlle Gabrielle l'écouta attentivement en hochant la tête et en souriant.

— Eh bien, finit-elle par dire, tu as travaillé fort sur cette présentation, Charles. Je dois dire que tu es très convaincant. En fait, tu viens de me persuader que Mona pourrait être une aide précieuse plutôt qu'un fardeau. Maintenant, je vois qu'elle a peut-être sa place à la garderie...

Charles bondit de joie.

— Ouais! hurla-t-il.

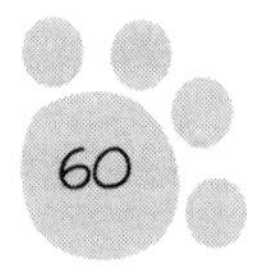

— Mais, poursuivit Mlle Gabrielle en levant la main, je crains que cela ne soit pas suffisant. Je ne peux pas avoir un chien ici, à moins d'avoir la permission de tous les parents des enfants que je garde.

Les épaules de Charles s'affaissèrent.

— Oh, dit-il, déçu.

C'était un gros problème. Que pouvait-il faire? Était-il censé aller de maison en maison pour faire sa présentation à tous les parents?

— Alors, reprit Mlle Gabrielle après réflexion, que dirais-tu d'inviter les parents à une séance de discussion ouverte pour en parler? Tu pourrais faire ta présentation aux parents et ils pourraient rencontrer Mona. Je vais parler à mon conseiller juridique et lui demander de rédiger un formulaire d'autorisation que les parents signeront s'ils sont d'accord.

— Ouais! hurla Charles de nouveau.

— N'oublie pas, dit Mlle Gabrielle, il faut que tous les parents acceptent, sinon je ne pourrai pas prendre Mona.

Quelques jours plus tard, après le souper, Charles et sa mère emmenèrent Mona à la garderie pour la présentation à tous les parents.

— Mona, dit Charles au joli chiot brun tandis qu'ils se dirigeaient vers la porte, tu dois avoir une conduite exemplaire.

Mona le regarda avec ses grands yeux bruns veloutés et remua sa petite queue.

J'ai toujours une conduite exemplaire.

C'était drôle de voir la garderie de Mlle Gabrielle remplie de parents au lieu d'enfants. Charles sourit intérieurement devant tous ces adultes et les imagina en train de faire de la peinture au doigt ou de fouiller dans la malle des déguisements. Mais ils étaient tous venus pour une raison sérieuse, pas pour s'amuser. Mlle Gabrielle leur montra le demi-cercle de petites chaises d'enfants qu'elle avait

installées et demanda à tout le monde de s'asseoir. Puis elle invita Charles à venir avec Mona face au groupe pour faire sa présentation.

Charles regarda tous les visages et avala sa salive. C'était beaucoup plus difficile de faire une présentation devant des adultes que devant ses camarades de classe. Mais il jeta un coup d'œil à Mona qui restait parfaitement calme à ses côtés et il se souvint de l'enjeu de cette soirée.

— Voici Mona, commença-t-il à dire. C'est une chienne rottweiler. C'est l'une des races les plus incomprises en Amérique.

Le reste de sa présentation se déroula à merveille. Charles raconta toutes les choses utiles que Mona avait faites en sa présence.

— À propos, conclut Charles, si quelqu'un veut adopter un chaton, ceux qui sont dans notre cour seront bientôt prêts à être donnés. Ils feront de très bons chats, car ils ont eu la meilleure nounou au monde.

Ensuite, de nombreux parents vinrent rencontrer Mona et lui serrer la patte. Charles vit beaucoup de gens s'arrêter et signer le formulaire d'autorisation avant de partir. Il était sur le point de sortir pour emmener Mona faire ses besoins quand quelqu'un s'approcha de lui pour se présenter.

— J'ai beaucoup entendu parler de ce chiot, dit la femme. Je m'appelle Mireille. Je suis la maman de Daniel… tu sais, Spidey.

Elle sourit et ajouta :

— Je croyais que Daniel inventait toutes ces histoires au sujet de Mona, mais ce n'était pas le cas.

Elle jeta un coup d'œil nerveux à Mona et dit :

— Elle est grande pour un chiot, non?

Charles hocha la tête et répondit :

— Oui, mais elle est très gentille. Aimeriez-vous lui serrer la patte?

Mireille recula d'un pas.

— Une autre fois, peut-être. J'ai… un peu peur des chiens.

Elle prit un air embarrassé et expliqua :

— Quand j'étais petite, je me suis fait mordre par un teckel et depuis, les chiens me rendent nerveuse.

Elle se frotta les mains et ajouta :

— Je suis venue ce soir parce que je voulais vraiment être ouverte à ton idée. Je ne veux pas que Daniel et son petit frère, Alex, grandissent dans la peur des chiens comme moi.

— Je comprends, dit Charles. Merci d'être venue rencontrer Mona.

Charles comprenait plus que jamais ce que ressentaient les gens qui avaient peur des chiens. Mais sa gorge se serra en voyant Mireille partir quelques instants plus tard, sans signer le formulaire d'autorisation.

CHAPITRE NEUF

Charles y repensa en allant se coucher ce soir-là. Il fit la grimace à son reflet dans le miroir tandis qu'il se brossait les dents. Il était d'humeur sombre. Il avait fait son possible, mais cela n'avait pas suffi. Tous les parents avaient signé le formulaire d'autorisation, sauf Mireille. Une fois qu'ils étaient partis, Mlle Gabrielle avait essayé de réconforter Charles.

— Mireille est une maman merveilleuse, avait-elle dit. Elle veut ce qu'il y a de mieux pour ses garçons. Laisse-lui le temps d'y penser et elle changera peut-être d'avis.

Cependant, elle ne semblait pas convaincue.

La bonne idée de Charles n'allait peut-être pas se réaliser. Il avait de la peine, mais il en avait encore plus pour Mireille et ses deux garçons. Après son expérience avec Mona, il savait que c'était pénible d'avoir peur des chiens. Après tout, il y avait beaucoup de chiens dans le monde. Ils étaient partout. Des gros chiens, des petits chiens, des chiens de garde, les chiens des voisins. On ne pouvait pas les éviter totalement. Si Daniel et Alex n'étaient pas à l'aise avec les chiens, cela leur rendrait la vie difficile. Charles ne pouvait pas imaginer ne jamais faire un câlin à un chien ou laisser un chien lui lécher la joue ou poser sa patte sur ses genoux.

Quand Mme Fortin vint le border, Charles s'assit dans son lit et lui dit ce qu'il pensait.

— Ce n'est pas seulement à cause du formulaire d'autorisation, dit-il. Même si Mireille le signe, je veux juste qu'elle, et Daniel et Aaron, n'aient pas peur des chiens.

Mme Fortin lui caressa les cheveux.

— C'est gentil de ta part, dit-elle. Et si j'appelais Mireille ce soir pour inviter Daniel à venir jouer avec le Haricot demain? Elle pourrait amener Alex aussi et prendre un café avec moi pendant que les garçons joueraient. Ça pourrait l'aider si elle passait un peu plus de temps avec un gentil chiot comme Mona.

Mireille et ses deux garçons vinrent le lendemain directement après la garderie. Charles les accueillit à la porte, sans Mona. Biscuit et la chienne rottweiler étaient enfermés dans sa chambre. Charles voulait être sûr que Mireille et ses enfants soient à l'aise, avant de rencontrer les chiens. Il avait passé sa récréation à faire des recherches sur Internet au sujet des meilleures façons de surmonter la peur des chiens. L'idée principale était d'y aller doucement.

Quand il ouvrit la porte d'entrée, Daniel était sur le seuil, avec un grand sourire. Le petit Alex était dans les bras de sa mère et serrait contre lui un lapin en peluche bleu.

— Entrez, dit Charles.

— Où est Mona? demanda Daniel.

— Ona, Ona, Ona! chantonna Alex en agitant son lapin.

Mireille sourit et haussa les épaules.

— Ils en ont tellement entendu parler, dit-elle, qu'ils ont hâte de la rencontrer pour de vrai.

— C'est super, dit Charles, mais asseyons-nous d'abord pour parler un peu.

Il les conduisit jusqu'au salon où Mme Fortin attendait avec le Haricot. Elle avait préparé une assiette de biscuits et une tasse de café pour Mireille. Tout le monde s'assit et Charles expliqua aux petits garçons la façon de se comporter en présence d'un vrai chien. Durant la récréation, il avait lu qu'une bonne compréhension du langage des chiens permettait aux gens de savoir si un chien était amical.

— Quand un chien est content, sa queue est dressée et remue, et ses oreilles sont comme ça (il mima des oreilles alertes avec ses mains), pas comme ça (il rabattit ses mains pour mimer les

oreilles d'un chien effrayé ou en colère). Parfois, sa gueule est ouverte et on voit ses dents, mais ça veut juste dire que le chien sourit.

Daniel et Alex trouvèrent cette information très amusante et rirent aux éclats.

— Les chiens sourient? demanda Daniel.

— Bien sûr! cria le Haricot.

Charles se mit à rire et continua sa leçon en se souvenant de tout ce qu'il avait lu le matin même.

— Quand on ne connaît pas un chien, il faut toujours demander la permission à son maître avant de le caresser. Si le maître dit oui, ne bougez pas et laissez le chien s'approcher. Il va probablement vous renifler. C'est comme ça qu'il apprend à vous connaître. Il va peut-être même vous lécher.

Daniel et Alex éclatèrent de rire.

— Bon, est-ce qu'on peut rencontrer Mona maintenant? demanda Daniel en bondissant sur le sofa.

Alex bondissait aussi sur les genoux de sa mère.

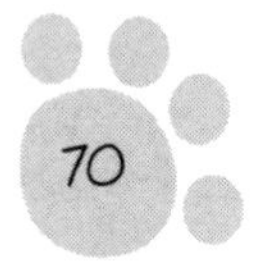

Charles regarda Mireille. Elle hocha la tête, mais elle avait de nouveau l'air anxieux. Charles monta jusqu'à sa chambre en croisant les doigts pour que son plan fonctionne.

— La voici, dit-il en revenant dans la pièce avec Mona en laisse.

Daniel avait grimpé jusqu'en haut du fauteuil sur lequel sa mère était assise. Il sauta sur le sol et courut vers Mona et Charles.

Mme Fortin retint le Haricot sur ses genoux malgré ses efforts pour se libérer.

— Laisse Daniel rencontrer Mona le premier, lui dit-elle.

— Attends une minute, Spidey, dit Charles en levant la main pour le ralentir. N'oublie pas que tu dois rester immobile et la laisser venir à toi et te renifler. Ensuite, quand tu seras prêt à le faire, tu pourras la caresser. Commence par son corps, pas par sa tête.

Mireille se redressa, Alex toujours sur ses genoux, et regarda Daniel qui se figea comme une statue et

attendit que Mona renifle sa main tendue. Puis Daniel caressa le flanc du chiot avant de l'entourer de ses bras et de lui faire un gros câlin. Charles vit les yeux de Mireille s'écarquiller, mais Mona continua de remuer la queue et lécha la joue de Daniel.

N'aie pas peur, mon petit.

Mireille poussa un soupir de soulagement et son visage s'apaisa. Charles ne put s'empêcher de sourire. Son plan marchait. Mireille semblait déjà plus à l'aise en présence de Mona.

Puis Alex se mit à pleurer.

— Chut, chut, qu'est-ce qu'il y a? demanda Mireille en le berçant dans ses bras.

Charles sentit Mona tirer sur sa laisse. Elle le mena vers Mireille. Puis elle pencha la tête et la releva, le lapin bleu d'Alex dans la gueule. Gentiment, Mona le poussa dans la main que le petit garçon

agitait. Ses sanglots cessèrent immédiatement. Il regarda le chiot et sourit.

— Qu'est-ce que tu dis? demanda Mireille.

— Merci, chien-chien, dit Alex.

Il se cacha le visage, puis jeta un coup d'œil au chiot avant de dire « Ona! » en souriant.

Charles n'en croyait pas ses yeux. Les choses se déroulaient tellement bien!

Puis Alex se remit à pleurer. Mireille lui donna une petite tape sur le derrière et dit :

— Je crois que quelqu'un a besoin d'être changé.

Elle se releva avec Alex dans les bras et demanda :

— Y a-t-il une salle de bain en bas?

Mme Fortin était en train de lui expliquer où elle se trouvait quand un sifflement strident parvint de la cuisine.

— Oups! Je crois que j'ai oublié d'arrêter la bouilloire, dit-elle.

Elle se leva et sortit de la pièce, suivie de Mireille et d'Alex.

— Viens voir ma table avec les trains, dit le Haricot en tirant sur la manche de Daniel.

Les deux petits garçons sortirent du salon en courant. Charles regarda Mona.

Mona regarda Charles. Elle ouvrit la gueule pour lui sourire et remua la queue.

Je suis une bonne chienne, n'est-ce pas?

— C'est vrai, dit Charles en lui grattant la tête entre les oreilles. Tu es une bonne chienne. Une très bonne chienne.

Puis il entendit un choc sourd, suivi d'un grand bruit et d'un cri.

— Sauve-moi, Mona!

CHAPITRE DIX

— Sauve-moi, Mona! Sauve-moi!

C'était la voix de Daniel. Charles sentit son estomac se nouer. Dans quel pétrin Daniel s'était-il mis une fois de plus? Mais il n'eut pas le temps d'y réfléchir. Dès que Mona entendit son nom, elle se précipita vers la salle de jeux.

Charles fonça derrière elle.

Il s'arrêta brusquement en arrivant sur le seuil de la salle de jeux, Mme Fortin et Mireille sur ses talons.

— Qu'est-ce… commença-t-il à dire.

Il regarda Daniel et le Haricot qui étaient debout sur la table parmi les trains. Ils souriaient en jetant des wagons et des locomotives sur le sol. Ni l'un ni

l'autre ne semblait être en danger. Apparemment, ils s'amusaient bien.

Mona avait posé les pattes sur le rebord de la table. Elle penchait la tête et regardait les enfants d'un air perplexe.

Je pensais que vous aviez besoin d'aide!

— Les garçons, descendez! dit Mme Fortin en entrant dans la pièce. Vous n'êtes pas censés grimper sur cette table.

— Et vous ne pouvez pas appeler Mona à tout bout de champ sans raison valable, ajouta Charles. Ce n'est pas un jeu pour elle. Elle prend cela très au sérieux quand elle entend quelqu'un appeler à l'aide. Compris?

Daniel et le Haricot descendirent de la table et baissèrent la tête, penauds.

— Désolé, dit le Haricot d'une toute petite voix.

— Désolé, dit Daniel en donnant un coup de pied à un wagon rouge qui se trouvait près de son soulier.

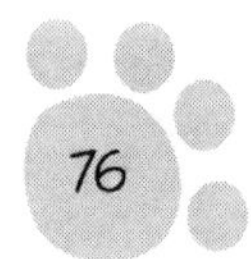

Mireille n'avait encore rien dit. Elle regarda Charles.

— As-tu un formulaire d'autorisation? Je suis prête à le signer.

Le lendemain après-midi, Charles se retrouva sur la rive de l'étang de la Ferme des Pitchounets. Le Haricot était en train de rejouer la scène du sauvetage héroïque de Mona. Le jour de l'excursion de la garderie était enfin arrivé et tous les enfants s'amusaient énormément. Ils avaient trouvé des œufs au poulailler, avaient chassé des oies et avaient ramassé des tomates cerises dans le jardin. Ils s'étaient balancés sous le pommier et avaient ramassé des framboises dans les grands buissons épineux situés à l'arrière de la grange.

Charles regarda Mona qui était assise à ses côtés et attendait patiemment. Il aurait dû être content. Il aurait dû se sentir fier et satisfait de son travail. Après tout, il avait convaincu tous les parents de

signer un formulaire d'autorisation afin que Mona reste à la garderie.

Mais il y avait un problème.

Mireille avait signé le formulaire d'autorisation à la condition expresse qu'elle et ses garçons adoptent Mona.

— Tu n'as pas fait signer tous ces formulaires pour rien, avait-elle déclaré en remettant le papier à Charles. Maintenant, Mona pourra accompagner les garçons à la garderie. C'est parfait.

De plus, quand ils étaient arrivés à la ferme, Judith s'était approchée de Charles et de Mme Fortin et leur avait dit :

— Jean et moi avons parlé toute la semaine d'adopter Mona. C'est une chienne extraordinaire et nous aimerions qu'elle fasse partie de notre famille. Quel est le processus d'adoption?

Charles savait que Mlle Gabrielle voulait aussi garder Mona afin qu'elle fasse partie de la garderie.

Cette situation n'était jamais arrivée depuis que les Fortin accueillaient des chiots. C'était

généralement difficile de trouver un bon foyer pour chacun de leurs protégés. Ils n'avaient jamais eu à choisir entre trois bons foyers.

Charles savait que Mona pouvait être très heureuse en tant que mascotte de la garderie. Elle semblait aimer la présence d'enfants et elle avait une tendance innée à s'occuper des gens, et des animaux, qui avaient besoin d'aide.

D'un autre côté, Mireille et ses deux garçons seraient une famille parfaite pour Mona. Charles était si heureux que Mireille commence à surmonter sa peur des chiens. Il savait que Mona aimerait voir grandir Daniel et Alex.

Et pour finir, il y avait la ferme. Quel endroit parfait pour un chien! Il y avait de la place pour gambader, un étang pour se baigner, des animaux à rassembler, un autre chien avec qui jouer et une famille qui l'attendait à bras ouverts.

Charles poussa un grognement.

— Comment allons-nous décider? demanda-t-il à sa mère qui était debout à côté de lui.

Il regarda en haut de la colline et vit Mireille, Judith et Mlle Gabrielle en pleine discussion près du jardin de fleurs.

— Penses-tu qu'elles vont se disputer la garde de Mona?

Mme Fortin lui passa un bras autour des épaules.

— J'espère bien que non, répondit-elle. Mais on en saura bientôt plus. Elles arrivent.

Les trois femmes descendaient la colline ensemble. Elles n'avaient pas l'air de se disputer. En fait, elles semblaient heureuses. À leur approche, Mona se releva et commença à remuer la queue.

Elles s'arrêtèrent devant Charles en souriant largement.

Mona tira sur sa laisse et Charles la laissa partir. Elle se dirigea tout droit vers Mlle Gabrielle et s'assit devant elle avec son sourire spécial.

— Elle le sait! dit Mireille en tapant des mains.

— Elle sait quoi? demanda Charles.

— Elle sait où est sa place, dit Mireille. Nous avons unanimement décidé que la garderie de

Mlle Gabrielle était le meilleur foyer pour Mona. Daniel et Alex la verront tous les jours...

— Et Marianne aussi, ajouta Judith. Elle veut aller à la garderie maintenant. Et si Mlle Gabrielle part en vacances et souhaite la faire garder, elle peut compter sur deux familles pour s'occuper de Mona.

— Ça semble être la meilleure solution, dit Mlle Gabrielle. Après tout, c'était la dernière volonté de ma tante.

Elle se pencha pour caresser Mona et lui dit :

— Tu vas être parfaite à la garderie.

Mona remua sa courte queue et lécha le visage de Mlle Gabrielle qui sourit à Charles.

Mme Fortin entoura les épaules de Charles et se pencha pour lui murmurer à l'oreille :

— Tu as réussi! Je suis fière de toi.

— Et moi, je suis fier de Mona, dit Charles. C'est elle qui nous a appris une leçon : il ne faut jamais se fier aux apparences.

EN SAVOIR PLUS SUR LES CHIOTS

Il y a quelque temps, j'ai lu un article sur le Web au sujet d'un chien qui aidait dans une garderie. J'ai trouvé cette idée si bonne que j'ai décidé d'écrire un livre à ce sujet. Dans mon histoire, les gens acceptent Mona pour ce qu'elle est vraiment et pour son comportement exemplaire. Ils voient au-delà des apparences. J'aimerais tellement que cela se passe comme ça dans la réalité. Malheureusement, beaucoup de gens ont des idées préconçues au sujet des chiens comme les rottweilers.

Bien sûr, il faut être prudent quand on approche un chien qu'on ne connaît pas, peu importe sa race. Demande toujours la permission à son maître ou à sa maîtresse et n'oublie pas de faire des gestes lents et de laisser le chien te renifler avant de le caresser.

Chères lectrices,

Chers lecteurs,

Le premier chien que j'ai eu en tant qu'adulte était un chien croisé rottweiler qui s'appelait Jack. Il était dans un refuge et je l'ai adopté. Il était très beau et en général bien élevé... sauf la fois où lui et une chienne golden retriever nommée Molly ont mangé tous les livres de ma bibliothèque en mon absence! Ils ont également déchiqueté le sofa. Je suppose qu'ils se sont bien amusés ce jour-là. Sur le coup, j'étais très fâchée contre eux, mais évidemment je leur ai pardonné depuis.

Caninement vôtre,

Ellen Miles

P.-S. Si tu veux découvrir l'histoire d'un chiot qui mâchouille tout ce qui lui tombe sous la patte, lis TONY!

À PROPOS DE L'AUTEURE

Ellen Miles adore les chiens et prend énormément de plaisir à écrire les livres de la collection *Mission : Adoption*. Elle est l'auteure de nombreux livres publiés aux Éditions Scholastic.

Elle habite dans le Vermont et elle pratique des activités de plein air tous les jours. Selon les saisons, elle fait de la randonnée, de la bicyclette, du ski ou de la natation. Elle aime aussi lire, cuisiner, explorer sa belle région et passer du temps avec sa famille et ses amis.

Si tu aimes les animaux, tu adoreras les merveilleuses histoires de la collection *Mission : Adoption*.